# The Santero's Miracle

To the children of New Mexico,
and to children everywhere who believe in miracles.

—Rudolfo Anaya

To my father Daniel Córdova and to the vibrant blending of culture,
colors, and traditions that are Northern New Mexico.

—Amy Córdova

Text ©2004 by Rudolfo Anaya   •   Illustrations ©2004 by Amy Córdova
Spanish translation ©2004 by the University of New Mexico
First paperbound printing 2007
Paperbound ISBN: 978-0-8263-2848-9
12   11   10   09   08   07      1   2   3   4   5   6

Library of Congress Cataloging-in-Publication Data

Anaya, Rudolfo A.
The santero's miracle/El milagro del santero / Rudolfo Anaya ; illustrations by Amy Córdova ; Spanish
translation by Enrique Lamadrid.— 1st ed.
p. cm.
Summary: With Christmas only days away, it snows so heavily that Jacobo the wood carver and his vis-
iting grandson are afraid the roads will not be cleared in time for the rest of the family to come from the
city, and that a sick neighbor will not get the help he needs.
ISBN 0-8263-2847-4 (cloth : alk. paper)
[1. Wood carving—Fiction.   2. Miracles—Fiction.   3. Mexican Americans—Fiction.
4. Christmas—Fiction.   5. New Mexico—Fiction.
6. Spanish language materials—Bilingual.]   I. Title: Milagro del santero.
II. Córdova, Amy, ill.   III. Lamadrid, Enrique E.   IV. Title.

PZ73.A495 2004
[E]—dc22
2003028247

Printed and bound in Singapore by Tien Wah Press   •   Design and composition by Melissa Tandysh

# The Santero's Miracle

### A Bilingual Story

## RUDOLFO ANAYA

Illustrations by

## AMY CÓRDOVA

Spanish Translation by

## ENRIQUE LAMADRID

UNIVERSITY OF NEW MEXICO PRESS
ALBUQUERQUE

D on Jacobo awakened to the crowing of a rooster.

He climbed out of bed, dressed, and went to the window. Nearly two feet of snow covered the entire village.

"Ay, Dios mío," he whispered, "the road will be closed."

He could hear his grandson in the kitchen. Andrés was only ten, but he was a good helper. He had come to stay with his grandparents during the Christmas vacation from school.

D on Jacobo se despertó al cantar un gallo.

Se bajó de la cama, se vistió y fue a la ventana. Casi dos pies de nieve cubrían el pueblo entero.

"Ay Dios mío," dijo en voz bajita, "la carretera estará cerrada."

Podía oír a su nieto en la cocina. Andrés sólo tenía diez años, pero era un buen ayudante. Había venido a visitar a sus abuelitos durante las vacaciones de Navidad de la escuela.

"Time to wake up, amor?" don Jacobo said to his wife. "Today Andrés and I finish the carving."

"San Isidro is your favorite saint," doña Sofía answered with a yawn.

"Yes, San Isidro is the patron saint of farmers. The carving will be finished by Christmas Eve when our son and his familia arrive."

"Andrés is becoming a good santero," said doña Sofía.

"Sí, I am proud of my grandson. He is quick to learn. Not too many kids follow in the tradition. Maybe Andrés will."

"First he has to finish school and go to college," his wife reminded him.

College? don Jacobo thought. His son Luis had gone to college and become an engineer. He had a good job in Los Alamos, but he didn't carve santos in the tradition of the family. Could someone go to college and still be a santero?

"¿Ya es hora de despertar, amor?" dijo don Jacobo a su esposa. "Hoy Andrés y yo acabamos de tallar el bulto."

"San Isidro es tu santo favorito," contestó doña Sofía, bosteñando.

"Sí, San Isidro es el santo patrón de los labradores. Ya lo vamos a terminar para la Noche Buena cuando llega nuestro hijo con su familia."

"Andrés va a ser un buen santero," dijo doña Sofía.

"Sí, estoy orgulloso de mi nieto. Es listo para aprender. No hay muchos jóvenes que siguen la tradición. Quizás la siga él."

"Primero tiene que terminar la escuela e ir a la universidad," le recordó su esposa.

¿La universidad? pensó don Jacobo. Su hijo Luis había ido a la universidad y se hizo ingeniero. Tenía un buen trabajo en Los Álamos, pero no hacía santos en la tradición de la familia. ¿Podría alguien estudiar en la universidad y ser santero también?

"I don't know," he said to himself as he walked into the living room. On the table stood the carving of San Isidro. Next to the figure stood the two oxen and the angel he had carved earlier that month.

"Buenos días, San Isidro," don Jacobo said, tenderly touching the wood carving. "You are a fine looking santo. Tomorrow we paint you."

Then he hurried into the kitchen to greet his grandson.

"Yo no sé," se dijo mientras caminaba a la sala. En la mesa estaba el bulto de San Isidro. A su lado estaban los dos bueyecitos y el ángel que había tallado a principios del mes.

"Buenos días, San Isidro," dijo don Jacobo tocando el tallado con ternura. "Eres un santo muy bien parecido. Mañana te pintamos."

Entonces se apuró a la cocina para saludar a su nieto.

"**B**uenos días, Andrés."

"Buenos días, Abuelo" Andrés replied. "I started the fire."

Already the big, wood burning stove was cracking and pinging as it grew hot. The kitchen was warm and cozy.

"Gracias, hijito? Did you sleep well?"

"Like a log. And you?"

"I had a dream," don Jacobo said as he placed the coffee pot on top of the stove. "I saw San Isidro plowing with his two oxen. The angel was helping. But we don't plow till April. What does it mean?"

"**B**uenos días, Andrés."

"Buenos días, abuelito," respondió. "Ya aticé la lumbre."

La gran estufa de leña ya estaba crepitando y crujiendo mientras calentaba. La cocina estaba calientita y agradable.

"Gracias, hijito. ¿Dormiste bien?"

"Como un leño. ¿Y usted?"

"Tuve un sueño," dijo don Jacobo mientras ponía la cafetera en la estufa. "Vi a San Isidro arando con sus dos bueyes. El ángel estaba ayudando. Pero no vamos a sembrar hasta abril. ¿Qué quiere decir?"

"It means you're the best santero in New Mexico," Andrés said.

"And you're the best helper," don Jacobo replied, hugging his grandson. "But even santeros have to eat. Vamos, let's milk the cow and gather the eggs."

They put on their jackets and gloves. Andrés carried the basket for the chicken eggs and don Jacobo the milk pail.

"I already fed Zorro," Andrés said as they stepped out into the cold mountain air. The big black dog came leaping through the snow to greet them.

"¡Buenos días, Zorro!" don Jacobo called and bent to pet his shaggy dog. "I see Andrés takes good care of you."

"He's been chasing rabbits," Andrés said and pointed to the tracks in the fresh snow.

"What a beautiful sight," don Jacobo whispered as he looked at the landscape.

"Quiere decir que es usted el mejor santero de Nuevo México," dijo Andrés.

"Y tú eres el mejor ayudante," contestó don Jacobo, abrazando a su nieto. "Pero aun los santeros tienen que comer. Vamos, vamos a ordeñar la vaca y a juntar los huevos."

Se pusieron las chaquetas y los guantes. Andrés llevó la canasta para los huevos y don Jacobo llevó el bote para la leche.

"Ya le di de comer al Zorro," dijo Andrés cuando salieron al aire frío de la sierra. Un perro grande y negro brincó por la nieve para saludarles.

"¡Buenos días, Zorro!" gritó don Jacobo y se agachó para acariciar su perro greñudo. "Veo que Andrés te está cuidando bien."

"Ha estado cazando conejos," dijo Andrés y señaló las huellas en la nieve fresca.

"Qué vista más bonita," don Jacobo dijo en voz bajita al mirar el paisaje.

The village lay in a valley in the mountains of northern New Mexico. On the mountainside tall pine trees bent under the weight of snow. The stream that ran through the valley gurgled softly under the thick ice. Horses with furry winter coats whinnied from a neighbor's frozen pasture.

It had snowed the previous day and all night. Now everything lay under a white blanket. The houses looked like mushrooms with white caps. The sun rising over the Sangre de Cristo mountains glistened on the fresh snow, creating a magical fairyland.

La placita estaba en un valle en la sierra del norte de Nuevo México. En la ladera los altos pinos se doblaban bajo el peso de la nieve. El río que corría por el valle borboteaba debajo del hielo grueso. Los caballos con su pelaje de invierno relinchaban desde el prado helado del vecino.

Había nevado el día y la noche anterior. Ahora todo yacía bajo una cobija blanca. Las casas parecían hongos con gorras blancas. El sol se levantaba sobre la Sierra de la Sangre de Cristo y brillaba sobre la nieve nueva, creando un mágico mundo de fantasía.

"The snow is a blessing," don Jacobo said as they shoveled a path to the corral. "In the summer the river will bring water from the mountain to irrigate our corn and chile."

"Will mom and dad be able to drive from Los Alamos?" asked Andrés.

Don Jacobo paused to rest on the shovel. "I'm afraid not. When it snows this much the snow plows don't clear our road for three or four days."

"La nieve es una bendición," don Jacobo dijo mientras escarbaban una vereda al corral. "En el verano el río traerá agua de la montaña para regar nuestro maíz y chile."

"¿Van a poder llegar mamá y papá de Los Alamos?" preguntó Andrés.

Don Jacobo pausó a descansar sobre la pala. "Creo que no. Cuando nieva tanto, los tractores de nieve tardan tres o cuatro días para abrir nuestro camino.

He knew Andrés looked forward to seeing his parents and his younger sister.

At the corral Andrés scattered grain for the cackling chickens, then he gathered the eggs while his grandfather milked the cow.

"Fresh eggs and milk for breakfast," don Jacobo said as they returned to the house. "What more do we want?"

"Grandma's tortillas," Andrés replied.

"You got that right!" don Jacobo said. His wife, he believed, was the best cook in the valley.

Doña Sofía was busy frying bacon and potatoes. She placed the round tortillas on the comal. In the winter she cooked on the wood burning stove, in the summer on the propane gas stove.

"Ah, this is heaven," don Jacobo said, smelling the aroma of the food.

"Buenos días, Abuela," Andrés greeted his grandmother.

"Buenos días, mi'jito. Oh, what beautiful eggs. Just in time for breakfast."

Sabía que Andrés esperaba con alegría la llegada de sus padres y hermanita.

En el corral Andrés tiraba grano para las gallinas que cacareaban, entonces juntaba los huevos mientras su abuelo ordeñaba la vaca.

"Huevos frescos y leche para el almuerzo," don Jacobo dijo mientras volvían a la casa. "¿Qué más queremos?"

"Las tortillas de abuelita," contestó Andrés.

"Ya sabes bien!" dijo don Jacobo. Él creía que su mujer era la mejor cocinera en el valle.

Doña Sofía estaba friendo tocino y papas. Echaba las tortillas redondas en el comal. En el invierno cocinaba en la estufa de leña, en el verano en la estufa de gas.

"Ah, este será el cielo," dijo don Jacobo, oliendo el aroma de la comida.

"Buenos días, abuelita," Andrés saludó a su abuela.

"Buenos días, mi'jito. ¡Oh qué bonitos huevos! Justo a tiempo para el almuerzo."

While they took off their jackets and washed their hands she told them the weather news.

"The radio said it snowed everywhere. The snow plows won't be able to clear our road until after Christmas."

"Ah shucks," Andrés whispered, disappointment in his voice.

"I'm sorry," his grandmother said as she handed her husband a cup of coffee. "We'll do the best we can."

Mientras se quitaban sus chaquetas y se lavaban las manos, ella les contó las nuevas del tiempo.

"La radio dijo que nevó en todas partes. Los tractores de nieve no van a poder limpiar nuestro camino hasta después de la Navidad."

"Qué va . . ." murmuró Andrés, con desperación en la voz.

"Lo siento," dijo su abuela mientras le pasó una taza de café a su marido. "Haremos lo mejor que podamos."

Don Jacobo shook his head. "What's Christmas without your familia."

"Maybe the plows will come in time," doña Sofía said, trying to reassure them.

"They're going to clear the main highways first. Our road is the last on the list."

"We will pray for a miracle," she said.

"I don't believe in miracles," he mumbled.

"Every day is a miracle," she reminded him. "If you have faith."

She was right, he thought. A santero had to have faith in his work. He had become a santero like his father and his grandfather. It was a tradition in the family, but his only son had not followed in his footsteps.

He looked at Andrés across the table. Perhaps he would become a santero. They would gather aspen logs in the summer and carve them in the winter. In July they would take their santos to the Spanish Market in Santa Fe. That is how he made his living.

As a boy, he remembered, he and his father had visited Patrociño Barela in Taos.

Don Jacobo meneaba la cabeza. "¿Para qué sirve la Navidad sin la familia?"

"Quizás vengan los tractores de nieve a tiempo," dijo doña Sofía, tratando de asegurarles.

"Van a limpiar las carreteras principales primero. Nuestro camino es el último en la lista."

"Rezaremos por un milagro," dijo ella.

"No creo en milagros," él murmuraba.

"Cada día es un milagro," le recordó ella. "Si tienes fe."

Tenía razón, él pensaba. Un santero debía tener fe en su trabajo. Él se había hecho santero como su padre y su abuelo. Era una tradición en la familia, pero su único hijo no había seguido sus pasos.

Miraba a Andrés al otro lado de la mesa. Puede que él sea santero. Irían a recoger leños de alamillo en el verano y los tallarían en el invierno. En julio llevarían sus santos al Mercado Español en Santa Fe. Así se ganaba el pan.

Se acordaba que de muchacho, él y su padre habían visitado a Patrociño Barela en Taos.

Patrociño told him the secret of a good santero. "Look closely at the wood. The image of the saint will appear. Carve what you see and it will turn out well."

The following day Jacobo went to church and prayed to San Isidro. Then he searched in the forest until he found a dry cedar branch that seemed to call to him. He brought it home and whittled his first santo.

Weeks later, when he returned to Taos with his father he took the santo he had carved to show to Patrociño.

Patrociño le había contado el secreto de un buen santero. "Mira bien la madera. La imagen del santo aparecerá. Talla lo que ves y saldrá bien."

El próximo día Jacobo fue a la iglesia y rezó a San Isidro. Entonces buscó en el bosque hasta que encontró una rama seca de cedro que parecía llamarlo. La llevó a casa y talló su primer santo.

Semanas después, cuando regresó a Taos con su padre, llevó el santo que había hecho para enseñarle a Patrociño.

"You have a special gift,"
the famous woodcarver told him.
    After that, Jacobo had devoted
his life to being a santero.
    "Thank you for breakfast," don
Jacobo said to his wife. "Now we
need to get to work."
    Andrés followed his grandfather
into the living room. Don Jacobo
stood in front of the carving and
intoned a well-known prayer.

"Tienes un don especial,"
le dijo el famoso santero.
    Después de eso, Jacobo dedicó
su vida para ser un santero.
    "Gracias por el almuerzo," don
Jacobo dijo a su esposa, "ahora
al trabajo."
    Andrés siguió a su abuelo a la
sala. Don Jacobo se paró en frente
al bulto y entonó una oración
bien conocida.

"San Isidro, friend of farmers,
Patron saint of we who plant.
We pray that your goodness
Save us from locusts and earthquakes."

Then he added a little rhyme, changing the second verse of the old prayer to suit the situation.

"When el Señor sends us a test
And sends us weather not the best.
Please shelter us with kindness
And free us from this mess."

Don Jacobo winked at Andrés. "Yes, snow is good, but today it's a bit too much."

That morning don Jacobo inserted strong arms into the body of the carving, and Andrés helped to sandpaper the rough parts. At midmorning doña Sofía brought them hot chocolate and freshly baked biscochitos.

"I'm going to check on my vecino," don Jacobo said. "Leo's been having problems with his heart."

Doña Sofía sent biscochitos and a bowl of posole for Leopoldo and his wife.

"San Isidro Labrador,
patrón de los labradores,
liberta nuestro sembrado
de langostias y temblores."

Entonces añadió un versito, cambiando la segunda estrofa de la antigua oración para cuadrar con la situación.

"Si el Señor quiere probarnos
y nos manda malos tiempos,
ampáranos con tu bondad,
líbranos de estos aprietos."

Don Jacobo le parpadeó a Andrés. "Seguro que la nieve es buena, pero hoy es demasiado."

Esa mañana don Jacobo le puso fuertes brazos al cuerpo del bulto y Andrés le ayudó a limar las partes ásperas. A mediodía doña Sofía les llevó chocolate caliente y biscochitos frescos.

"Voy a ver cómo está mi vecino," dijo don Jacobo. "Leo ha tenido problemas del corazón."

Doña Sofía mandó biscochitos y una charola de posole para Leopoldo y su esposa.

Outside, some of the village boys were sledding on the road. They called to Andrés to join them.

"May I go, Abuelo?"

"Sure, go on. Just be careful."

Andrés called Zorro and together they ran to join the boys.

Don Jacobo knocked on his neighbor's door, and don Leopoldo's wife greeted him. "Buenos días, compadre. Entre, entre."

Afuera, algunos muchachos del pueblo estaban resbalando por el camino en sus trineos.

Llamaron a Andrés para acompañarles.

"¿Puedo ir?" preguntó.

"¿Por qué no? Cuídate no más."

Andrés llamó al Zorro y juntos corrieron para alcanzar a los muchachos.

Don Jacobo llamó a la puerta de su amigo y la esposa de don Leopoldo le saludó. "Buenos días, compadre. Entre, entre."

"**B**uenos días," he replied. "How is Leo?"

"Not well. The pain is getting worse. I'm so worried."

Don Jacobo followed her into the bedroom. A very pale and weak Leopoldo greeted him.

"¿Qué pasa, compadre?"

"A bad night," the sick man answered.

"I called the hospital," his wife said, "but the ambulance can't get through. No one can come because of the snow. What can we do?"

"**B**uenos días," respondió. "¿Cómo está Leo?"

"No muy bien. El dolor se hace peor. Me preocupo mucho."

Don Jacobo la siguió al cuarto. Un Leopoldo muy pálido y débil lo saludó.

"¿Qué pasa, compadre?"

"Una noche difícil," contestó el hombre enfermo.

"Llamé el hospital," dijo su esposa, "pero la ambulancia no puede pasar. Nadie puede venir por la nieve. ¿Qué podemos hacer?"

Don Jacobo shook his head. He knew a car couldn't travel ten feet on the road. Nothing could move through that snow.

"If the sun shines all day, maybe enough snow will melt. We'll see. Keep warm, compadre. I'll see what I can do."

Don Jacobo walked outside. Andrés came running.

"How's Mr. Leo?" he asked.

"Not good, mi'jo. And there's not a thing we can do about it."

All day the men of the village worked at clearing paths to their corrals where they kept their cows and horses. A few hardy souls would venture to the local grocery store to sit around the pot bellied stove, telling stories and complaining about the weather.

Don Jacobo was too worried about his vecino to trudge to the grocery store. He looked down the road, knowing it would take days for the sun to melt the snow.

They returned home and applied gesso to the carving. When the white primer dried they could paint the santo.

Don Jacobo meneó la cabeza. Sabía que un carro no podía avanzar ni diez pies en ese camino. Nada podría pasar por esa nieve.

"Si brilla el sol todo el día, quizás se derrita suficiente nieve. Vamos a ver. Manténgase calientito, compadre. Voy a ver qué se puede hacer."

Don Jacobo caminó hacia afuera. Andrés vino corriendo.

"¿Como está el Señor Leo?" preguntó.

"No muy bien, mi'jo. Y no hay nada que se pueda hacer."

Todo el día los hombres del pueblo trabajaban abriendo pasos a sus corrales donde guardaban sus vacas y caballos. Algunos valientes iban a la tiendita local para sentarse alrededor de la estufa de leña, contando cuentos y quejándose del tiempo.

Don Jacobo estaba demasiado preocupado por su vecino para caminar a la tiendita. Miró el camino, sabiendo que tomaría días para que el sol derritiera la nieve.

Volvieron a casa y pintaron el bulto con el yeso. Cuando la capa blanca se secara podrían pintar el santo.

Doña Sofía joined them. "It's one of the best you've ever done," she said.

Don Jacobo placed his arm around Andrés's shoulder. "We make a good team," he said.

Andrés felt happy. He had enjoyed helping his grandfather, and he had learned a lot. Now if only his parents could arrive in time for Christmas.

That evening they ate early and went to bed.

The night was freezing but enchanting. A crescent moon bathed the valley in its pure light. Not a soul stirred from the warmth of their homes, so they did not see the beauty of the moonlit night.

Doña Sofía los acompañó. "Es una de las mejores piezas que has hecho," dijo ella.

Don Jacobo puso el brazo sobre el hombro de Andrés. "Somos un buen equipo," dijo él.

Andrés se sentía contento. Le había gustado ayudarle a su abuelito y había aprendido mucho. Ahora si pudieran sus padres llegar a tiempo para la Navidad.

Esa noche comieron temprano y se acostaron.

La noche era helada pero encantadora. Una luna creciente bañaba el valle en su luz pura. Ni un alma se alejaba del calor de las casas, así que nadie vio la hermosura de la noche de luna.

The following morning don Jacobo was up before the sun. He and Andrés hurried to take care of the animals.

"Today we paint San Isidro!" don Jacobo exclaimed at breakfast. "You will see how handsome he looks!"

He showed Andrés how to mix the traditional pigments. All day they worked at painting the carving.

La mañana siguiente don Jacobo se levantó antes que el sol. Él y Andrés se apuraban para asistir los animales.

"¡Hoy pintamos a San Isidro!" exclamaba don Jacobo en el almuerzo. "Ya verán lo bien parecido que va a quedar!"

Le enseñó a Andrés cómo mezclar los pigmentos tradicionales. Todo el día trabajaron pintando el bulto.

The eyes and hair were black. His jacket was blue, and the pants were gray. He wore a pair of black boots. His gray farmer's hat had a wide brim.

When they were done, don Jacobo let out a sigh. He was tired. His back ached and his fingers were stiff, but he felt satisfied.

"Andrés, this is your first santo. You should be proud."

"I am grandpa. I learned what a good santero can do."

"You clean up the paints. I'm going to check on Leo."

Los ojos y pelo eran negros. Su chaqueta era azul y los pantalones pardos. Llevaba un par de botas negras. El sombrero de labrador era pardo con alas anchas.

Cuando terminaron, don Jacobo suspiró. Estaba cansado. Le dolía la espalda y los dedos estaban tiesos, pero se sentía satisfecho.

"Andrés, este es tu primer santo. Debes sentirte orgulloso."

"Así es, granpa. Aprendí lo que un buen santero puede hacer."

"Limpia las pinturas. Voy a ver cómo está Leo."

In the cold dusk he walked across the street. The news was not good. During the day don Leopoldo had grown weaker.

"They promise to come as soon as they can," his wife said. "I am afraid it will be too late."

Walking back home, don Jacobo felt helpless. The minute the sun went down the snow would freeze. Not a hundred men could clear the road to the main highway.

There is nothing I can do, he thought as he walked into the house.

His wife had turned on the Christmas tree lights. The bright lights made San Isidro seem alive. Don Jacobo knelt in front of the santo.

"San Isidro. My vecino is very sick. I don't ask anything for myself, but can you help Leopoldo?"

That night don Jacobo slept a restless sleep. In the morning the crowing rooster awakened him. He could smell coffee brewing.

En el crepúsculo frío cruzó el camino. Las noticias no eran buenas. Durante el día don Leopoldo se había debilitado.

"Me prometieron que van a venir tan pronto como puedan," dijo su esposa. "Temo que vaya a ser muy tarde."

Caminando a la casa, don Jacobo se sentía inútil. En el momento en que el sol bajara, la nieve helaría. Ni cien hombres podrían abrir el camino a la carretera principal.

No hay nada que yo puedo hacer, pensaba mientras entraba a la casa.

Su esposa había prendido las luces del arbolito de Navidad. Las luces brillantes hacían que San Isidro pareciera vivo. Don Jacobo se puso de rodillas delante del santo.

"San Isidro. Mi vecino está bien enfermo. No te pido nada para mí, pero ¿no puedes ayudarle a Leopoldo?"

Esa noche don Jacobo dormía inquieto. En la mañana el gallo cantando lo despertó. Podía oler el aroma del café hirviendo.

"Ah, qué mujer," he said as he dressed. What would he do without his wife? She knew he was tired, so she had risen quietly to light the fire and make coffee.

As he finished dressing he heard her cry out. He hurried into the front room to find her and Andrés standing at the open door.

"The road!" she shouted.

"Ah, qué mujer," dijo mientras se vestía. ¿Qué haría sin su esposa? Ella sabía que el estaba cansado, entonces se había levantado sin ruido para atizar la lumbre y hacer el café.

Mientras terminaba de vestirse escuchó su grito. Se apuró a la sala y encontró a ella y a Andrés parados en la puerta abierta.

"¡El camino!" gritó ella.

From the porch they could see the village road was swept clear of snow.

"What is it, grandpa?" asked Andrés.

"Es un milagro," don Jacobo whispered.

Up and down the road neighbors came out of their homes to stare in astonishment at the cleared road.

Don Jacobo hurried across the road and burst into his neighbor's house.

Desde el portal podían ver que el camino a la plaza se había limpiado de nieve.

"¿Qué será, granpa?" preguntó Andrés.

"Es un milagro," murmuró don Jacobo.

Por el camino arriba y abajo los vecinos salían de sus casas para mirar absortos el camino abierto.

Don Jacobo cruzó el camino y entró corriendo a la casa de su vecino.

"The road is clear!" he called. "Call the ambulance!"

"Did you shovel the road?" don Leopodo's wife asked.

"No," don Jacobo replied. "But the ambulance can get through."

"Thank God," she replied and hurried to the phone.

"You're going to get well," don Jacobo said to a very weak don Leopoldo.

"The saints hear our prayers," the sick man answered.

Don Jacobo didn't know what to believe. He only knew that last night the road was still covered with snow. And the night had been extremely cold.

He walked back to his wife and Andrés on the porch.

Doña Sofía took his hand. "We must give thanks for this miracle."

"¡Se abrió el camino!" gritaba. "¡Llama la ambulancia!"

"¿Limpiaste el camino con la pala?" preguntó la esposa de Leopoldo.

"No," respondió don Jacobo. "Pero la ambulancia puede pasar."

"Gracias a Dios," respondió y corrió al teléfono.

"Te vas a mejorar," dijo don Jacobo a un muy débil don Leopoldo.

"Los santos escuchan nuestras oraciones," el hombre enfermo contestó.

Don Jacobo no sabía qué creer. Sólo sabía que la noche anterior el camino todavía estaba cubierto de nieve. Y la noche había sido muy fría.

Regresó con su esposa y Andrés al portal.

Doña Sofía lo tomó de la mano. "Tenemos que dar las gracias por este milagro."

"Abuelo, look," Andrés said. He pointed to muddy tracks on the porch. They followed the trail into the house and to the table where the carving stood.

Don Jacobo couldn't believe what he saw. San Isidro's boots were wet and muddy. The angel and the oxen were also wet.

"What is it, grandpa?" asked Andrés.

"Abuelito, mira," dijo Andrés. Señaló las huellas de zoquete en el portal. Siguieron las huellas a la casa y a la mesa donde estaba el santo.

Don Jacobo no podía creer lo que veía. Las botas de San Isidro estaban mojadas y enzoquetadas. El ángel y los bueyes también estaban mojados.

"¿Qué es, granpa?" preguntó Andrés.

"A miracle," don Jacobo whispered.

"You mean San Isidro?" Andrés asked.

"Well," don Jacobo replied, "he had the angel's help."

"Everything is possible when you have faith," doña Sofía said.

She went to the kitchen for rags, and they wiped the mud from the santo's boots. They cleaned the angel and the oxen. When they were done they gave thanks to San Isidro.

Then they ate their breakfast in silence.

An hour later an ambulance arrived and took don Leopoldo to the hospital.

That afternoon cars began to arrive from Taos, Los Alamos, and Santa Fe, bringing families to the village for Christmas. The men placed stacks of piñon wood in front of the church, luminarias to be lit after midnight mass.

Don Jacobo rested in his easy chair, dreaming of plowing his field in the spring. Maybe San Isidro would help.

Andrés's cry woke him.

"Abuelo! It's mom and dad and Veronica!"

"Un milagro," suspiró don Jacobo.

"¿Será San Isidro?" preguntó Andrés.

"Bueno," contestó don Jacobo. "Tenía la ayuda del angelito."

"Todo es posible si tienes fe," dijo doña Sofía.

Fue a la cocina para traer garras y limpiaron el zoquete de las botas del santo. Limpiaron el ángel y los bueyes. Cuando terminaron dieron gracias a San Isidro.

Entonces almorzaron en silencio.

Una hora después una ambulancia llegó y llevó a don Leopoldo al hospital.

Esa tarde los carros empezaron a llegar de Taos y Santa Fe, trayendo las familias al pueblo para la Navidad. Los hombres pusieron pilas de leña de piñón en frente de la iglesia, luminarias para prender después de la misa del gallo.

Don Jacobo descansaba en su sillón, soñando con arar su milpa en la primavera. Quizás San Isidro y su angelito le ayudarían.

El grito de Andrés lo despertó.

"¡Abuelito! ¡Son mamá y papá y Verónica!"

By the time don Jacobo and doña Sofía got to the door Andrés was already at the car, hugging his parents and sister.

Doña Sofía rushed out to meet them, but don Jacobo turned and went to the santo.

"Gracias, San Isidro, for bringing my family home. And thanks to your angelito."

Then he, too, went hobbling out the door to greet his family with a big embrace.

Antes que llegaran a la puerta don Jacobo y doña Sofía, Andrés ya estaba en el carro, abrazando a sus padres y a su hermana.

Doña Sofía salió a saludarles, pero don Jacobo volteó y fue con el santo.

"Gracias, San Isidro, por haber traído a mi familia. Y gracias a tu angelito."

Entonces él también salió tropezando para saludar a su familia con grandes abrazos.

# GLOSSARY

| | |
|---|---|
| Ay, dios mío | Ay, my God |
| don, doña | terms of respect |
| buenos días | good day (good morning) |
| santero | one who carves saints |
| gracias, hijito | thank you, my son |
| mi'jito | my son (mi hijito) |
| tortillas | flat, round bread |
| comal | stove plate/griddle |
| familia | family |
| biscochitos | Christmas sugar cookies |
| posole | corn and meat stew |
| vecino | neighbor |
| entre, entre | come in, come in |
| ¿que pasa, compadre? | what's the matter, my friend? |
| buenas tardes, vecino | good afternoon, neighbor |
| ah, que mujer | oh, what a woman |
| es un milagro | it's a miracle |
| viejo | old man |
| luminarias | bonfires |